夜的
大赦
The Great Pardon
曹馭博

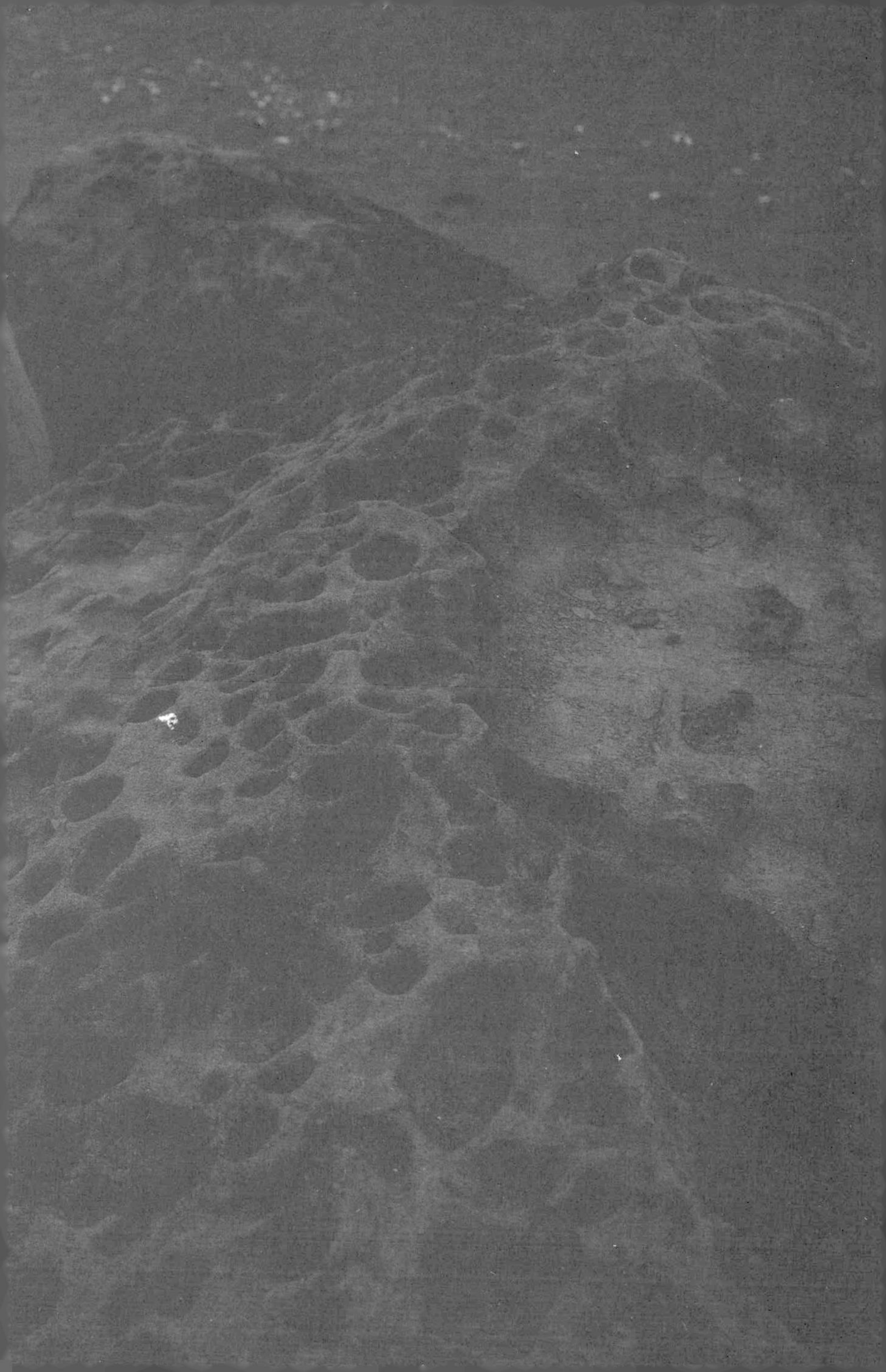

我們已躺在
帶針葉的灌木叢生處，當你
終於匍匐著爬向這裡。
然而我們未能向著你
布下陰影：
這裡做主的是
光明之迫。

——保羅．策蘭　　　　　　　　（鄒佑昇　譯）

Doch konnten wir nicht
hinüberdunkeln zu dir:
es herrschte
Lichtzwang.
——Paul Celan

推薦短語

楊智傑

詩人創造語言、生發歧義，強力詩人則削減語言、收斂意義，並終於使事物「非如此不可」。而這正是曹馭博從《我害怕屋瓦》到《夜的大赦》的重大突變。

鴻鴻

根踩得更深，視野望得更遠，馭博作為眾多靈魂的代筆者，扛起比他自己更重的重擔，手持閃電，照亮這黯沉的時代。

顏艾琳

他用宇宙的尺，重新丈量光影。

一本詩集引用保羅策蘭的詩為楔子，閱前的情緒已導向悲憫、人間疾病、祈願、救贖的路徑。

詩是詩人思想的道路，他必須寫出自身的思想，不直線通達，而必須曲折，讓讀者邊走邊看歧異隱涉的風景。

而夜是詩人與讀者的殿堂，誕生一切白日看不見的景觀；透明的祭壇、虛無中來去的人們，藉由彼此意識的點燃，一束束的線香於暗中殿堂交纏，上達無限天聽。

真有神能大赦人們的奸惡、心機、有意或無意造成的傷害？

詩人造了神殿，惟知情的讀者可赦免詩人。誰在讀詩？共時顫動而把眼淚往心裡流去⋯⋯暗中那些黑影是幽魂是精靈或是即將投胎的鬼魅？或其實只是同為人類的作者跟讀者⋯⋯。

推薦序一

橫的再移植

唐捐

1

一隻好奇的幼鹿逸離棲息的母地，越山嶺，度溪流，來到一塊異地。

嗅聞陌生的枝葉，連空氣都換了一層新皮，那麼新穎、刺激而危險……。

問此鹿是誰？詩人曹馭博。問所覓者何？詩語與詩境也。在戰後展開的現代詩運動裡，「橫的移植」總括一套詩學觀念，「縱的繼承」則近乎拿來湊對子的廢話。於是十五年間（1956-1970），許多詩人競相投入「語言大煉鋼」的狂潮，煉成破銅爛鐵的固然不少，卓有成就者亦所在多有。到了一九七〇年代初，文化界與社會對先前的現代詩做了一場大審判，其結論大約是功過三七開。於是，詩的主潮遂從「西化」及其症侯群中痊癒，迎向健康的下半生；向陽曾將當時的新潮流總括為「回歸」二字，堪稱精準而明快。

曹馭博及其同代人開始寫詩的時候，我大華麗島的詩的星空已經十分燦爛了。我姑且取其影響力較大者而將眾星分為三大區塊：一是從洛夫到楊牧的黃金世代，二是以夏宇為核心的石油世代，三是以鯨向海為代表的晶片世代。這時如果有人要喇咧什麼「縱的繼承」的話，我想，馭博世代主要取法的對象斷不是灌滿抒情傳統的中國詩詞或未經轉化的鄉土民謠，而是臺灣現代詩自身的血脈。

更精確地說，這三家皆以各自的方式為我們示範了如何超越橫與縱，主知與抒情，自我與社會的糾葛。楊牧濡染現代派餘光，卻跑到「波特萊爾以前」去融貫中西傳統，遺世而獨立（其實頗不合群）。夏宇奇妙地契合世界性的後現代思維，成為「地球村的而不只是華麗島的」漢語詩人。鯨向海極熟稔各時期的台灣詩經典，但崛起於網路，展現出新世紀青年的價值、感受與趣味，在筆法上是一大解放。

自家藏經閣裡祕笈盈滿，學詩者目不暇給，得其若干招式已可表達萬千題材，進而形塑自己的風格。因而「西化」，或「橫的移植」的口訣，久矣不被最新世代視為突破的要訣。——我的意思不是說，年輕寫詩者不知我大華麗島外有詩，不知世界詩壇萬紫千紅競開；而是說像曹馭博這樣，不無誇張地，吸收西洋當代詩（或稱為翻譯詩）的句法、情調與題材，還是極為醒目提神的新鮮事。

2

不甘平凡的新詩人都是「修正主義者」，布魯姆（Harold Bloom, 1930-2019）早言之矣。從前的人向西方借火，是在寂寥的星空裡布置自己的星座；遲到的詩人重新開機，則是為了消解今夜星空燦爛的重量。這一回，馭博的新詩集罕見本地大師乃至學長們的腔調，但多諾獎詩人們的身影。他在相當程度上擺脫了前者，但恐怕還須面對被後者加持的焦慮。若是放回五十年前，大力討伐洋腔中文詩的關傑明博士必然會說，同學，你這樣不行。

我覺得可以，頭好壯壯的幼鹿舉起新興的角枝，自信地應答。非但可以，曹馭博根本是明著來，他拜請域外的神明，並與祂們展開無盡的遊戲：

博拉紐朝我開了三槍
他堅持我抄了他的點子
我們一路追逐
城市，荒漠，濱海小鎮。

在大口徑手槍的眼睛下

我說：「帕拉已經過去找你了。」
博拉紐放下手槍
哭聲像中提琴的聲響
絃聲每拉長一次
寂寞上漲一尺

你看，神明A來夢中跟阿博索討綵筆的時候，他的回答竟是你自己那枝的筆毛也有一撮偷偷剪自神明B家的狼與兔……。但這裡用的不是筆的隱喻，而是更可怕的槍，看來前後詩人之間的債務真是不好清理。

輯三「當幼鹿尋覓語言」，共提到十九位詩人的名字，簡直如「點鬼簿」（很多神明是鬼去當的）。我想，馭博做了一場「午夜巴黎」（Midnight in Paris）式的大夢：他像一個時空穿越者，陪這個詩人逛書店、聽德布西、剝橘子，又與那個詩人一起焚滅手稿，體驗憂鬱的毒箭；有時忙著爬到樹上看阿赫瑪托娃在冷身體與熱石頭之間，閒來便奪取策蘭的惡夢如借走一件黑色的大衣……。這樣的作品似乎只是讀書札記或意象與句法的練習，但又不僅於此。駁博無意間展示了一種無邊的「共時性」，世界經典詩篇中的情境與感受，皆可以是「我」的現在與這裡；或者反過來說，一個勤讀世界詩歌的台灣青年詩人，覺得自己可以穿梭於異國異時的詩意脈絡，體會其獨特性，並共享其普遍性。

在這樣的思維之下，詩人彷彿取得神奇的「鑽石孔眼」，可以窺破各種隱祕的情境；又好像是「幽靈」，可以襲取他人的經驗。這本詩集裡的大部分篇章，都出現了「我」，但不知道為什麼有些句子（在我聽起來）像是飽歷劫難的外國詩人在說話。比方說〈餘像〉，意象與句式皆不俗，但閃爍其辭，似乎還須多給一點背景或提示。又比如說〈憂傷給了我太陽〉，顫慄不知因何而起，「你」又是因何而閃現。我是這樣猜想的：馭博詩裡的「我」，可能是一個集合體，他在諸多奇妙瞬間分享了各種倖存者、流亡者、耽思者、孤獨者、垂危者的體驗。

3

這本詩集有好些詩篇都採用了雙行體與三行體，富於均衡簡潔之美。但由於分段頻繁，「空白行」也比較多。馭博充分利用這樣的體裁，營造出碎片化風格，例如〈將死之人〉裡的這個片段：

車燈：面對大地的廣角鏡
黑影釋放了黑狗
使牠飛奔回屋子裡

句法緩急有度，意象飽滿，且能夠為題旨而服務。光影之靜與動，恰恰扣合「將死之人」腦海裡的浮光掠影。這個畫面自給自足，儼如小詩。後面的幾個段落也都有各自發展的態勢，好在題目比較明確，讀者不致失去理解的方向。

空白行隔開詩意單位，留下想像空間；但在駁博的詩裡，「空白」已躍為重要的技巧，乃至詩意元素。他不太說明或闡釋，或者說，他比較願意通過意象來表演。我姑且從〈早晨的暴力〉中間摘取四個段落：

誕生的引文

我對這份光明充滿感激
於是我保留眼睛

直到黎明的卡車
將街道像瓷器一樣震碎

一隻蜻蜓陷入柏油
裂痕的手將它拖回黑暗底部

句子很厲害，自不在話下，但這裡好像有種不連貫性。幽靈、卡車、蜻蜓，那樣紛紜地展布開來。也許空白行給詩人帶來機會，使他更猛於切斷意脈，跳到另一個畫面。這便造就了此集極端鮮明的風格：聲調冷峻，思維沉重，意象濃度高，敷衍性的語句降低至極。

風格來自詩人的性格、文學血脈與審美期待，但也關乎時代、社會與題材。老式現代主義吞吞吐吐，隱晦其言以便觸及性與死與虛無，蓄積巨大的反諷去描摹社會，或有其表現上之需要，或緣於外部的壓力。馭博敏於吸收二十世紀大師的技術，同時也感染了他們的思維與憂患；但做為一位當代青年詩人，他關懷所及，自應包含眼下的世界。以〈死於溝渠〉為例，根據首段，似乎是為「許多孩童正在逝去」而發的悲悼，其中幾個段落是這樣：

喪失乖違的舌頭，失去重量，再度跌進內部
一個胚胎漸漸擴張光亮，君臨水底的青石頭

閃耀的水宅，幽閉的泥底，一具屍體
他的十字吊墜懸盪於喉頸，金屬聲

發狂地向缺席者哭泣，也許是一位母親
正在旁觀審判，但又涉入其中。

明明可以說得直爽些，但我們看到詩人依然選擇了一種老現代主義的腔調。我猜想，這是一幕溺死的畫面，沒什麼不能說的，但詩人不想說明白。他或許這樣想，惟有這樣隱晦、斷裂、宏偉的語言才能建造出意想中的詩境，並表達最深刻的悲痛。沒錯，任何一首唐詩都不可能精準地以白話譯寫出來，駁博這類詩篇也不容易用散文加以複述。它們反口語，反敘述，可能也反寫實，近於一種新的文言詩語。駁博選擇了這種高難度的唱腔，自有其美學堅持，而他確實也唱出迷魅，令人讚歎。

4

以馭博句法之犀利，我覺得多點敘述，多點口語，多點事實，必能橫空一世。輯二「幽靈的複述」有不少作品，或許已臻此境，有些則仍在試探中。〈石頭裡有沉默的巨僧〉後面兩段，設想奇詭，意象頗驚人。但坐在車廂裡沒事去想軌道顫動都是「對死亡的抵觸」，終非良策，事情撐不起這麼隆重的語言。相對之下，〈貝加莫醫院〉寫遭疫情慘虐的異國醫院，雖亦著迷於意象表演，但以時事為背景，具體可感，又能臻及象徵的層次。

接下來的四首詩，都具有極鮮明的敘述性與在地性。詩人不再穿越到異時他方，而只是凝神捕捉眼前的現實，自有一股奇幻的韻味。各取一段為例：

入伍後的第一個清晨
隔壁的鄰兵說
他的父親病危，就要走了
金色的手拉起影子
遮滿了集合場
我分不清誰是誰的影子——〈記事〉

例如叔叔。二十年前
卡車載走了他的脊椎
但依舊保留他的引擎——〈人的引擎〉

他對自己說，沒什麼好傷心的
只要玄孫出生，他就成了祖宗
或是神龕上永遠苦悶的面孔——〈影印店〉

我看著她，眼對著眼
發現她的眼睛已經死了
像她母親的靈魂——〈吃冰淇淋的女孩〉

第一例意象讓位於敘述，這種退讓使得詩的情境空間變大，意象還是有機會回來。第二例很神，完全寓意象於敘述之中，舉重若輕，近乎完美。第三例為故事之一幕，明朗可辨。第四例以句法取勝，淺白而有深意，同時故做鎮定。有了這樣從容的語句來調度情節，一切想像都有了依憑，那些詭異奧妙的意象也就會呼吸、可感應、能伸展了。

曹馭博於西洋詩看得廣，想得深，他能夠掌握的句型也是多端的。這一輯有首詩就叫〈小說〉，裡面有血有肉，還真像小說；但結尾處若有機心的安排，又使它成為寓言。這兩種成分（小說與寓言）在敘述體中各有千秋，但我感覺馭博似乎較著迷於寓言（雖然他其實頗具小說的能力）。像〈交流道〉裡的母子對話，空間、對白、象徵物是那麼精密地布置開來。更詭異的是〈我的屋子裡空了一間房〉，詩人在「房東」的位置說話，歷數各式奇葩房客，敘述性很顯著，同時具有寓言假託的力量。

寫詩有種技法，可簡稱為「我不是我」，馭博頗優為之。這不同於角色明確的戲劇獨白，而是流轉八方，介於虛實之間。

剛才提過的那首〈交流道〉固然如此，即便是在〈前往二樓手術室〉，我們也搞不清楚這是取材自切身的體驗，還是假借、代言、託寓。從這個角度來說，逃離或者虛懸詩的「自傳性」，使得曹馭博詩的涵容量遠較同世代更為廣大，但可能也是他的詩不好詮解的原因之一。有能力當「幽靈」，出入於神人的客廳，習得奇功妙技，固然是極令人羨慕的事情。但偶爾回來試穿自己的肉身，使體驗優先於意象，感發優先於句法，那也是不錯的。

馭博的「橫的再移植」，未必已竟全功；但他打破穩定與習慣，注入新資源，練得神乎其技的詩法，預告了「蒼天已死，黃天當立」的鮮美消息。歷史上的「橫的移植」自有一種偏激任性之意，但那也正是詩藝狂飆的年代，很快就要佳作紛陳了。今世之人，愛讀清甜的素人詩，渾不知「藝術所以能偉大的呈顯在我們眼裏正是由於技巧的偉大」（白萩語）。我讀《夜的大赦》，深識這是極難得的技巧之復興，未來的詩壇英豪航向遠洋的前夕，一場華美的文字的慶典。

推薦序二

危險的征途剛剛開始

廖偉棠

一年前，我在臉書上有感而發：「無論是少年還是中年詩人，請寫危險的詩，不要寫安全的詩。詩，就是鋌而走險。安全的詩，從第一句就猜到你全部，多沒勁啊。」毫無疑問，這些寫安全的詩的人很多，但肯定不包括曹馭博。

《我害怕屋瓦》已經讓人驚豔，這本《夜的大赦》，更顯出曹馭博鋌而走險的能力。鋌者，快速奔逃，如鹿如箭；險象環生，是卡夫卡式的藝術家的選擇，非如此不能回應自己所感知的時代鋒刃，而且在環生中出現的是語言的未來之徵兆。在詩中綜合這兩者，則需要柔韌的身段，柔韌但不柔順油滑，繼而才能短兵相接。

曹馭博首先做到的是寫結實的詩，言之有物、沒有贅肉。在這樣基礎上，他的語言便能迅捷，能果斷跳躍和轉向，然後點到即止。這一切都和目前多數青年所寫流行的詩不一樣——兩者當然可以並存，有的詩悠悠尋找或自製舒適圈，有的詩則是高強度的作戰，只不過我更享受後者給予讀者同樣的精神鍛煉。

在這個基礎上，我們可以用詩去觸碰另一個世界。和依靠自我迷狂投身另一個世界的前輩詩人不同，這一代詩人更多清醒的力量。如〈三月，速寫，我一無所獲〉裡曹馭博自道：

像杜勒的畫，天使手中
兩件苦難的樂器
展開一座容納所有細節的帳篷

這裡有我的歌聲
乳牙是星星有熟悉的口水
銀河。

在那之後有許多世界被創造
它們之間
我行走，我清醒——

在這本詩集層出不窮的細節、不流俗的修辭和罕見意象之中，包含著一個關鍵詞：「死」，這可以視為目前最吸引詩人的異質世界，而他用詩，去證明死與生的同質性。

死亡幾乎出現在每一首詩中，既有〈三月，速寫，我一無所獲〉裡詩人比較詩藝與死神的技藝那樣的自省，也有死亡盤據、等待於日常的每個拐角時，你不得不目睹它的舞蹈而與之共舞的超然。「老士官長對我說／這是他第一次印訃聞」（〈影印店〉）曹馭博卻和老士官長／詩人不同，迴避了訃聞的寫作方式，因為他需要內化這些死而不是公開它。

於是我們看到像〈吃冰淇淋的女孩〉、〈賣火柴的少女〉、〈小說〉這類粗糲決絕的詩，那是生命內部的粗糲決絕而不只是語言修辭上的。這樣的詩必然要被寫出，從此詩人才可說成熟——因為他感知到他者的世界與自己的世界息息相關。

奶奶，黑暗遞來了風會是誰送給我的？
最後一絲火花濺在街道上
我必須抓住自己剩餘的一切
否則將永遠成為雪（〈賣火柴的少女〉）

這是猶太祈禱式的書寫方式，讓人想到早期的策蘭。但這種方式一般用於處理自身問題，當它外延的時候必須小心翼翼、不逾詩之倫理，才能說服你的讀者：你我也是這個呼喊的聲音。

至於與此成鏡像的〈交流道〉，卻是俐落的美國式書寫，適於群體情感的整理。曹馭博卻將它極度介入個人史，形成另一種呼喊的驚心動魄。這種驚心動魄一直延續到整本詩集的結尾。

從〈六月廣場〉開始，曹馭博將徹底進入不合時宜的詩人的行列——我是讀這首詩的第一段記下這句話的。「同時代人聽見了我的腳步聲／秋天像安心的劊子手／任何人都可以繼承他的斧頭」這裡面的潛文本也許是另一位猶太詩人曼德爾斯塔姆的「不，我不是任何人的同代人——從不」。隨著場景漸漸從六四天安門廣場轉移到香港——這座城市就是一個廣場，受難者的形象如此赤裸、直接，雖然曹馭博以「夢見」中和那酷烈，但彼時彼地那些「非詩」的語言直接幹翻了此時此地的詩的文質彬彬。

讀到最後，原來曹馭博也知道這種冒險會通向什麼地方，他寫下「不合時宜」：

一切都更加耀眼，更加盲目，更加不合時宜——

我在哪裡，我是誰？我唯一知道的是
那一座城市，六月，廣場，我正前往

危險的征途剛剛開始，這也是一條孤獨的道路。在這條道路的起始之處，我看見一個自知自覺的詩人，他梳理自己的先驅，乾淨利落又帶有憐憫（尤其在輯三「當幼鹿尋覓語言」），他把詩的想像力推到一種他人不可取代的不可思議，語不驚人誓不休。他是我的戰友，也是我的對手——這樣的詩歌場域，漸漸變得有趣起來，我想，曹馭博也期待更多詩人加入我們的奧德賽。

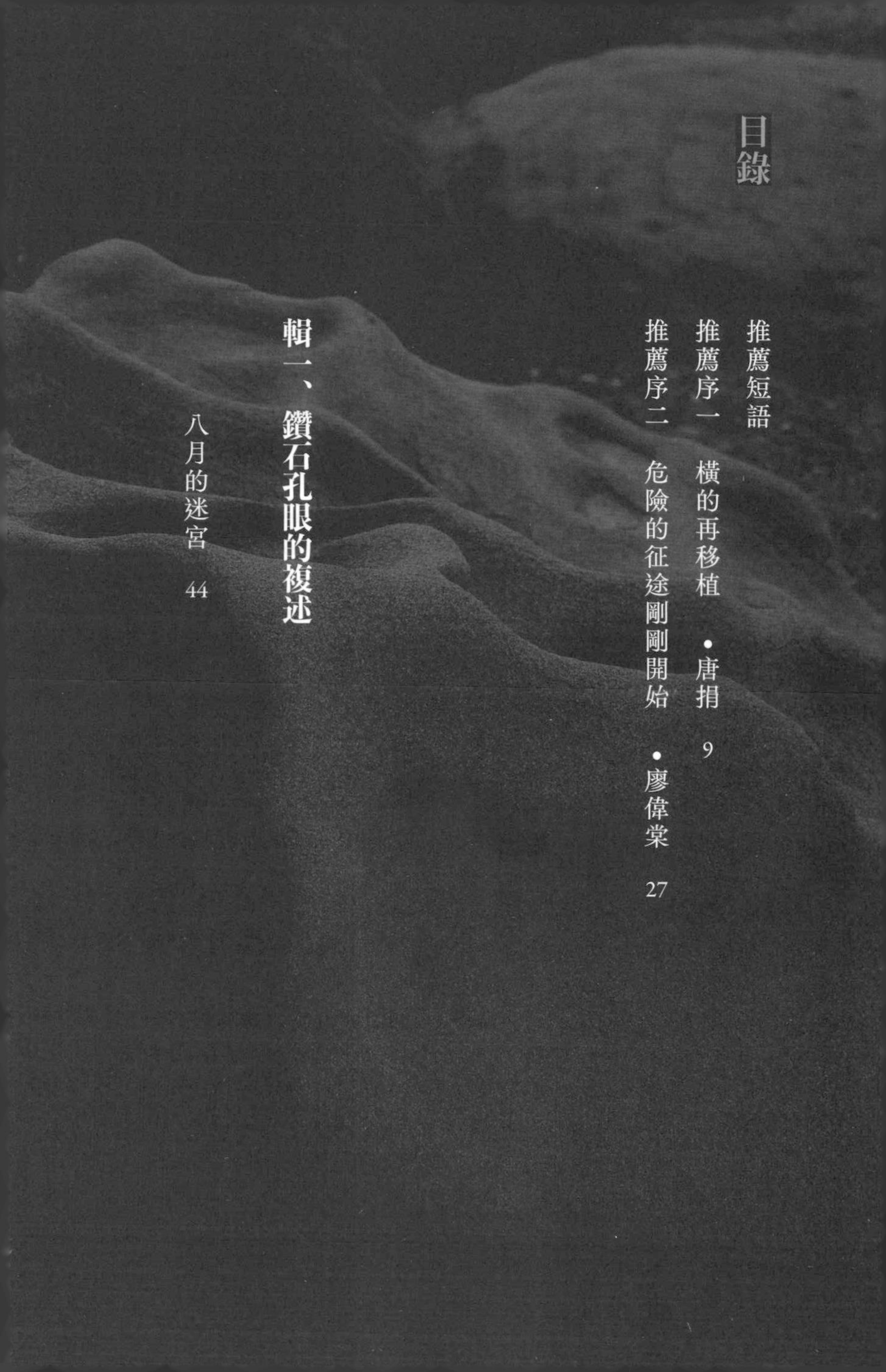

目錄

推薦短語

推薦序一　橫的再移植・唐捐　9

推薦序二　危險的征途剛剛開始・廖偉棠　27

輯一、鑽石孔眼的複述

八月的迷宮　44

在火葬中　47
四分鐘的黑暗　49
餘像　52
博物館　54
憂傷給了我太陽　55
將死之人　57
前往教堂的斜坡上　59
三月，速寫，我一無所獲　60
死於溝渠　62
靜物　64
夜的大赦　66

輯二、幽靈的複述

石頭裡有沉默的巨僧 72
貝加莫醫院 74
記事 76
人的引擎 78
影印店 81
吃冰淇淋的女孩 83
我的屋子空了一間房 86

與越傭阿萊倒垃圾 90
賣火柴的少女 91
交流道 93
前往二樓手術室 94
小說 96
六月，廣場，我正前往 98

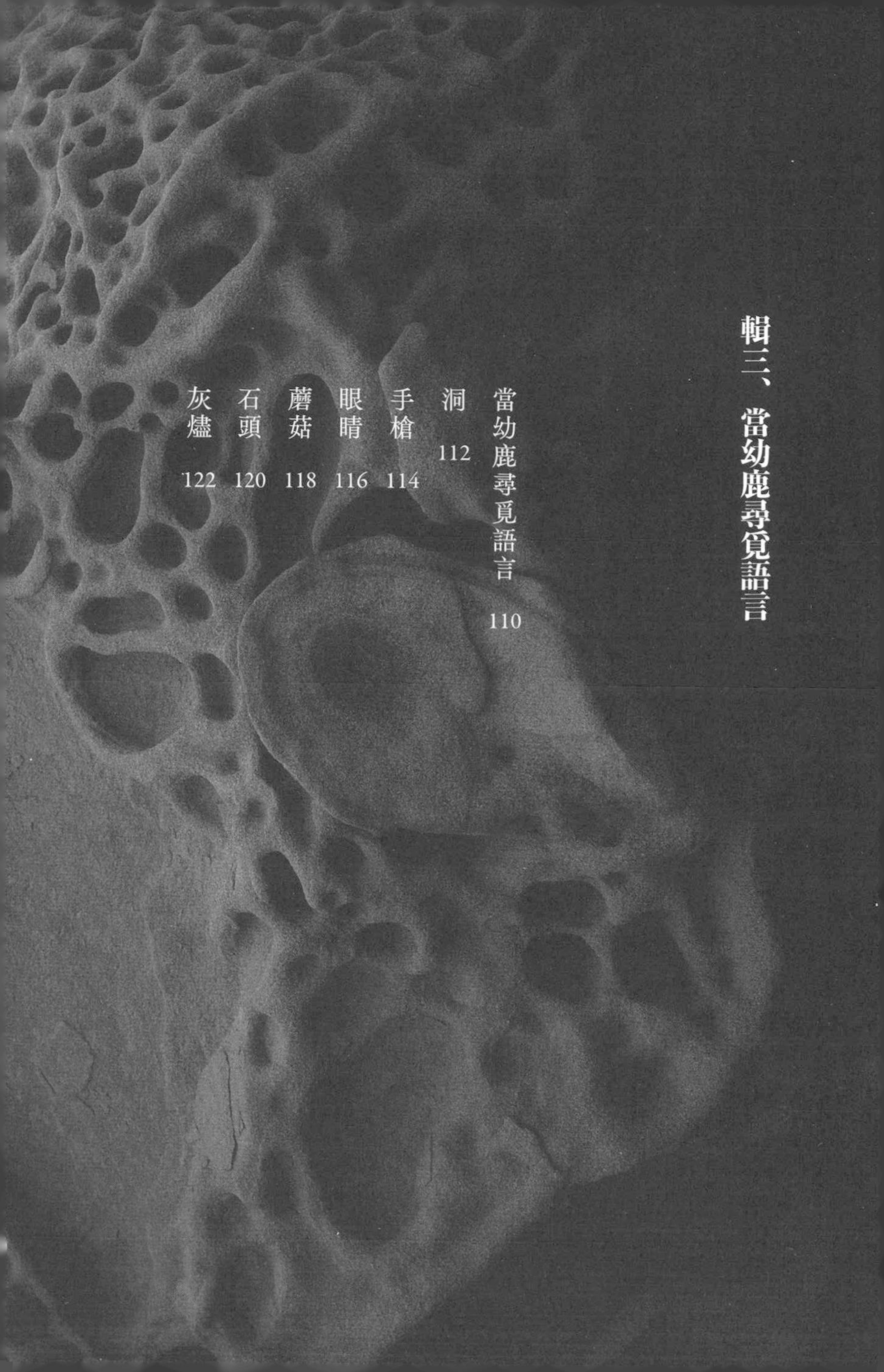

輯三、當幼鹿尋覓語言

當幼鹿尋覓語言 110
洞 112
手槍 114
眼睛 116
蘑菇 118
石頭 120
灰燼 122

卵蛋 124
非虛構 126
燈泡 128
火柴 130
箭矢 132
橘子 134
詞根 136
哀悼一座花園 138

輯四、人工的光

夏日，在審訊室 142
雲隙光 145
人工的光 147
垂憐之光 149
四樓窗台下的即景 150
早晨的暴力 152
選舉前夕的客運途中 154

我們的傷口將會相認 155
Lumière 157
三棧溪上方 158
當眼睛重現島嶼 161
關於詩的問題 162
後記　複述中的細節 167

輯一、鑽石孔眼的複述

八月的迷宮

一

急診室。夜晚的弧形
在外邊成為聳立的崖
草叢低語
機車的大燈照在它們臉上
——沒有人回應。

醫院是死亡的信箱
郵差來自黑暗
向我投遞一封信
——沒有人回應。

屋頂。

二

灰頭翁
比雲影更加真實
太陽投放牠們的影子
巨大的福音降臨
我動彈不得

三

拄杖的老人
踩空階梯
心跳像漏拍的讚美詩

四

一隻有尾巴的手
將星星焊縫在黑夜裡頭
路燈燒乾了整座銀河

在火葬中

首先是頭髮，然後是
皮膚、肌肉與其他內臟。
上帝拖著盤子
收回一件件肉衣服

眼睛像金屬
脫落的紅色鎔渣
烙在兩塊無人對視的虛空之中
——他一併拿走。

一個老工人翻了翻火爐
持續焚燒，笑著說
我們得給他一點時間

爐門伸出一條平庸的舌頭
盛放著剩餘的你：
一座蒼白肋骨組成的羅馬城。

四分鐘的黑暗

——捷運龍山寺站到江子翠站

一

星期三午後，我錯過了告別式
笛聲將我喚回車廂內部
它像一條連接內陸與島嶼的鐵橋
幾乎在颱風之後毀滅

二

我逐漸往內部沉沒，這一切都像自然在低語，我聆聽。

一張張尚未誕生的臉孔，廣告牌，逝去的星體
恐懼在地板上擴張
水滴流動
空隙：一名透明的掘墳者
挖開一座座橢圓塚

三

孩童在博愛座上安睡，像信箱裡
一起擁擠的包裹
他們在黑暗裡成長——離開內部，留下雲的簽字，凝結尾。
一批又一批的飛行者
向著風暴
報告各自的去留

——三次尖銳的聲響，死亡答覆了他們

四

無人。盲蜂振翅，在空氣裡頭簽名
一陣陣嗡鳴聲
將我從黑暗中領回

餘像

房間裡唯一移動的
是一處晨光的渡口

它是眾多繩圈之中
誕生頭顱的居所

你脫離了火焰
讓肉體退出經驗

光的邊緣不停閃爍
一把電鑽從缺口撤退

我是否要繼續傾聽著你
如同能劇裡傾聽亡魂的僧侶？

我暫且順從這高貴的嗓音
睡在你與你的黑暗之間

博物館

我緊貼著玻璃
擴音器發出低弱的禱詞
導遊重新喚醒了一個國度

我內心的恐懼
在玻璃櫃裡逐漸具象
戰爭：六十億種流亡。

憂傷給了我太陽

太平洋上空。當我看見
海面上漂泊著自由
風就打了一個哈欠

窗外的暮色正在傾斜
一陣陣幸福的餘火
將飛機推離了光明

思緒已經到達了極限。
我顫慄，無奈：我明白
是憂傷給了我太陽

我像離港的水手
給自己戴上虛空的十字架

睡在上帝的網床裡

遠方，塔台閃爍著燈光
黑暗隨意刮下你微弱的訊息
撒在我恆久期待的眼皮裡

心跳：造船廠的警笛
我又夢見與你第一次的相遇
像兩片交叉的扇形火花

將死之人

如果我閉起眼睛
那道閃電便會追逐著我。

車燈：面對大地的廣角鏡
黑影釋放了黑狗
使牠飛奔回屋子裡

已經沒什麼特別的了
星體延伸的陰影
神經，宇宙的尺

我等待太陽回歸
讓那些局部中的局部
都能被我重新丈量

即使我是學徒
大腦的皺褶
塞不下太多句式

飛蛾撲向了電燈
那一條條霞光的手指
成為我求生的途徑

早晨。
將死之人的意義在於
回到他自己的椅子

窗外有龍鱗般的光亮
我將一切還給自然

前往教堂的斜坡上

管風琴沉默，沉默
——音符
最小單元的愛。

天使們
懸吊在一株雌蕊的盡頭
單翅，垂亡——

此世，一顆死蛹
語言在疼痛中
破曉。

三月，速寫，我一無所獲

我原以為死亡是這樣的：
風化了姓名、詞彙和眼睛
成為砂礫
供人們寫字

但生命之書已經寫滿。
我揮舞枯燥的手
描繪記憶中的死者

像杜勒的畫，天使手中
兩件苦難的樂器
展開一座容納所有細節的帳篷

這裡有我的歌聲

乳牙是星星
有熟悉的口水
銀河。

在那之後有許多世界被創造
它們之間
我行走，我清醒——

一部寫滿細節的筆記
詞彙
剛剛構築了今晚的夢境

死於溝渠

幽靈的交流電正在尋找黑夜，但無一倖免
許多孩童正在逝去，直到子夜。

喪失乖違的舌頭，失去重量，再度跌進內部
一個胚胎漸漸擴張光亮，君臨水底的青石頭

閃耀的水宅，幽閉的泥底，一具屍體
他的十字吊墜懸盪於喉頸，金屬聲

發狂地向缺席者哭泣，也許是一位母親
正在旁觀審判，但又涉入其中。

月亮，你在嘲笑哪一種音樂？
遠處的里拉琴正將黃昏拉回深淵

一塊鵝卵石，一排牙齒，波光在眼窟窿
閃動許久，像稍早太陽下執行的暴力

樹蔭凶猛的小巷，白晝重新點燃山葛
古老的路徑嫁接了影子，萬物庸俗如咒：

「假如我告訴你苦難來自一種偏斜的手勢
或一組簽名，我的骨骸是否能在春天重新綻放？

你又該如何尋找席次，去排序
詞彙、知識、正義……」

靜物

工人鋸掉最後一棵枯樹
樹冠傾斜，像止息的閃電
又一次，我低著頭死去
正巧對眼自己的靜物

它能聽見地底的咆哮
列車只是少了簧片的音樂
「一切只為整齊與美。」
這風暴的中心唯有沉默

取代瞳孔成為新的窟窿
風景潰散，聲響縫合了耳朵

我，靜物，向黑暗湧入
只因它飽和了視野。

夜的大赦

一

夜晚，一個私密的竊聽者
電梯等速上升，交替著監禁與釋放
所有的生命都朝向一座玻璃大廈溢去

也許是我身陷其中？藉由睡眠，飢餓，睡眠
聽夜鷹吹響他人的脊椎骨，卻沒捨棄作為鳥類的嘀咕
牠展開剪刀飛翔，像一位沿街張貼廣告的工人

電線桿，鐵蒺藜，紅磚牆。黑暗再度

修復了黑狗的軀體，任它隨意
為自己鍍上黃褐色的眼珠，便是黑貓的誕生

二

「喔地獄，我眼睛所及，那悲傷視為何物？」
漆黑的房間寒冷，呵出的每一團白霧
劃開孔洞，即為幽靈呼告的口器。

——我不可能認識它們。
歷史正為它的錯誤大笑不止
醒來還太早，牆內有人低聲哼唱：

「在暴力的縫隙中找到缺口

並且，在裡頭活得光亮……」
木柴碳化，瀕危的野獸，火寂。

三

幽靈
一個接一個來過
旋轉門
野蠻的中陰身

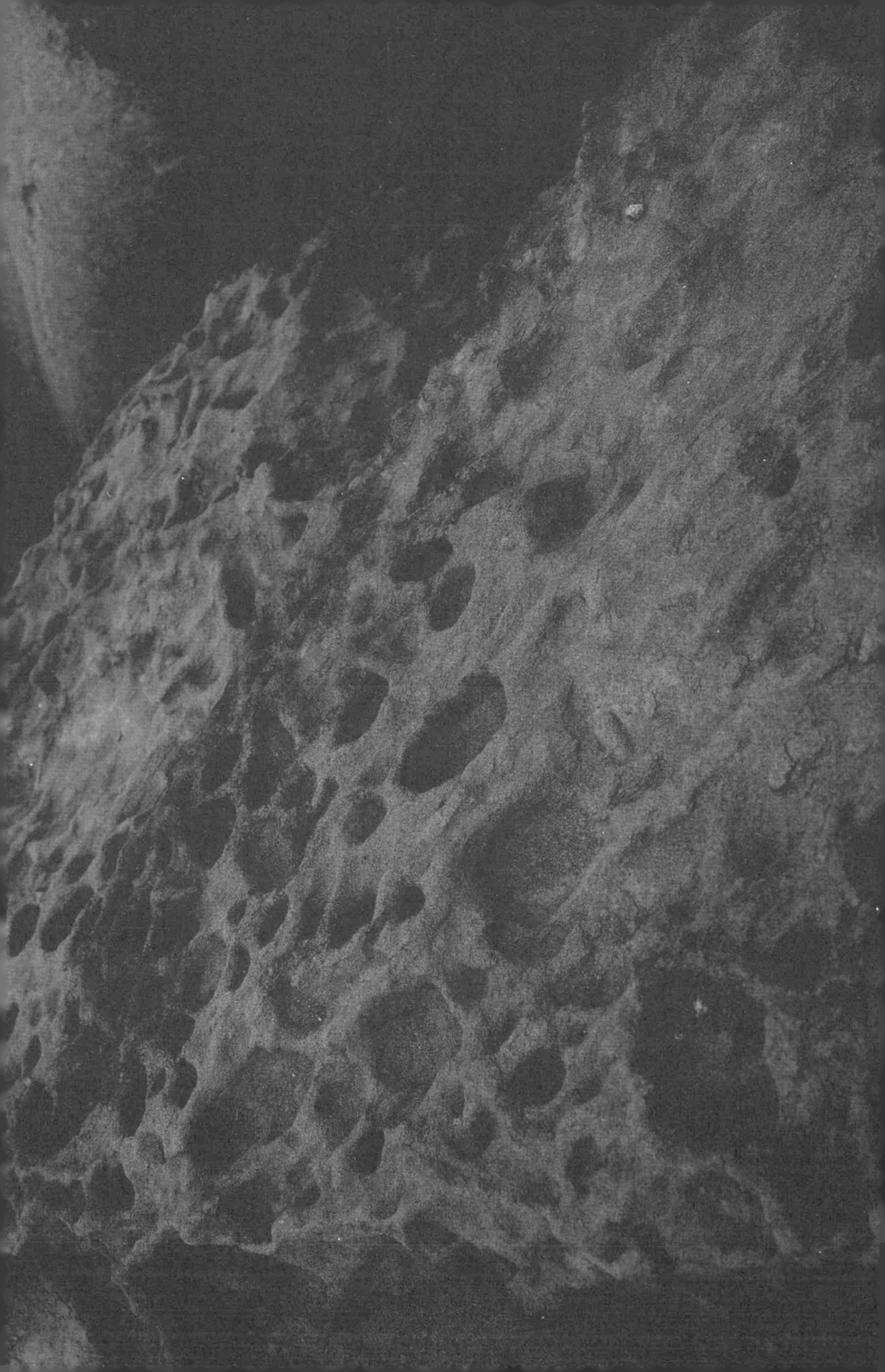

輯二、幽靈的複述

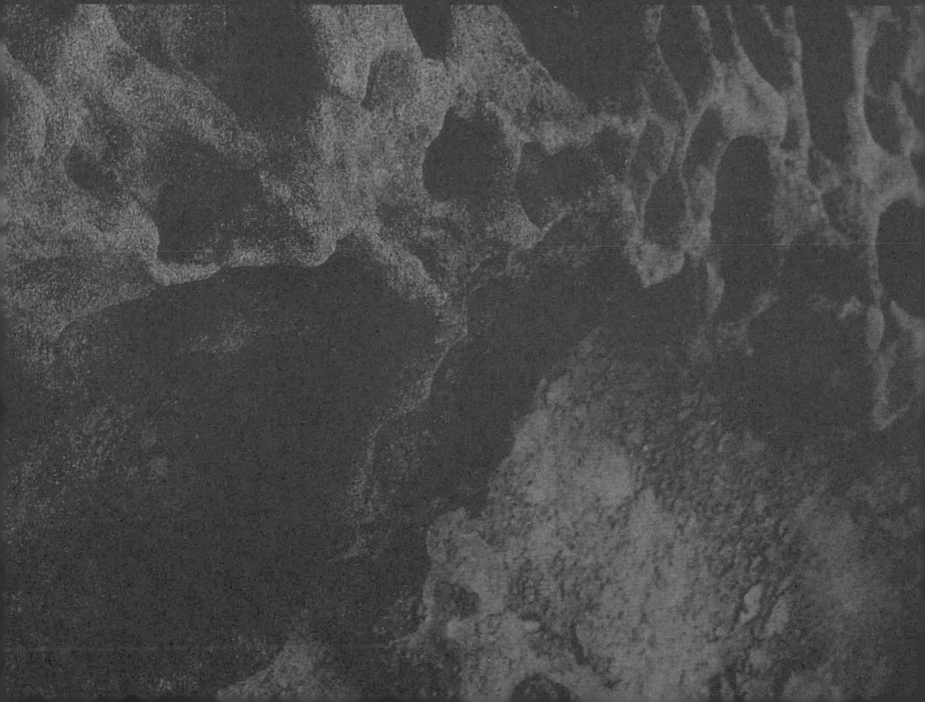

石頭裡有沉默的巨僧

窗外，燈光審閱了浪花
像失去星體的銀河
沒有人理會

我是車廂內唯一攜帶報紙的人
訃聞欄的鉛字凹陷於雙腿間
像一座蟻獅的獵捕場

軌道：顫抖說話的鐵
每一次接觸
都是對死亡的抵觸

我閉上眼睛，任由燈光翻閱我的眼皮
倖存的詞將某人寫入大地

一名石頭裡沉默的巨僧

貝加莫醫院

那天早晨，我踏進醫院
護士說今天沒有病人
全都是死者

時鐘、布簾與玻璃窗
紛紛就位。我看見
乳白色的天空
蠕動著一張播報員的嘴

陽光是上帝的髮絲
接引他的頭顱。他說：
「這一次，最後一次
可能，只有一次——」

虛空重複播放他的嗓音
皺紋吊掛著雙瞳
像磁帶，兩個孔洞
黑色的膠捲
——無盡。

一台老舊的映像管電視
雜訊越來越密集
像過午的公雞
靜默無聲

記事

入伍後的第一個清晨
隔壁的鄰兵說
他的父親病危，就要走了
金色的手拉起影子
遮滿了集合場
我分不清誰是誰的影子

天空因燃燒而蜷曲
再過不久，其中一些影子
將會成為樹，成為人
成為鳥。
然後影子也會成為他的父親
父親成為鐔子
他再把鐔子放進影子裡

今天早上，那個鄰兵
說父親已經走了
他的嗓子很乾
舌頭一遍又一遍地
將沉默塗抹在牙齒後方

他的影子正在縮小
像熄火的木柴
寂寞主宰了所有知覺

人的引擎

要確認一個人是否活著
就要先確認他的引擎

例如叔叔。二十年前
卡車載走了他的脊椎
但依舊保留他的引擎

像一部待廢車，待在房間
用夢去很遠的地方
任由疼痛對他展開鐵鉗

他睡覺、吃飯，維修肢體
叔媽確認他活著的方式
就是先確認他的引擎

那聲響很吵、很煩人
但叔媽說，這聲音
是她最美的晨禱

後來，叔叔離開了。
八月的某個夜晚
颱風壓制了叔叔的聲響

隔天早上，叔媽掀開他的棉被
發現那冰冷的引擎消失了
只剩夏天的驟雨和月光

房間空了好一段時間
直到叔媽的孫子出生

才又多了一部引擎

新引擎的聲響很微弱，幾乎
無法驅動這小小的身體
卻搖醒空氣中所有人的生命

每晚，孫子都得握著叔媽的手指
才能安穩地睡著
這可能是他最美的晚禱

影印店

老士官長對我說
這是他第一次印訃聞
卻是第二次死了老婆

上一次，老婆死於大水
泥土送給她全新的身體
沒有村人為她倒酒

這次，老婆是緬甸人
靈魂安靜歌唱的基督徒
總是在京劇中段將他搖醒

這是老故事了。一台
西德製的舊收音機

黑暗在他的耳朵裡逐漸豐饒

他對自己說，沒什麼好傷心的
只要玄孫出生，他就成了祖宗
或是神龕上永遠苦悶的面孔

外頭，黑暗也有了自己的責任
一扇歷史的乾玻璃
有些人看見風景，有些人看見自己

路燈遣散了士官長的嗓音
電流讓它搏動，呼吸
像一具容納天堂的胎膜

吃冰淇淋的女孩

傍晚，我吃著平價火鍋
看電視上的禿子
胡說。
一個母親帶著女兒
進了店裡就對她數頓奚落
什麼衣服破爛云云
長相醜陋，不像自己云云

點菜，點火。
罵聲終於停止了
此刻，禿子的話語
解放了大家的耳朵

大家躲進禿子的謊言裡

稱讚他，激賞他
就連那位母親
也開始歌頌禿子

沒有人理會那個女孩。
她獨自一人走向冰櫃
——但她太矮了
手搆不著

我拉開冰櫃
挖了三球冰淇淋
遞給她兩球。
我忘記給她什麼口味了
——那些都不重要

她的手臂布滿瘀青
像一個爆炸過後的星系
那座孕育她的宇宙
大概也混濁不堪

我看著她，眼對著眼
發現她的眼睛已經死了
像她母親的靈魂

六歲，鵝蛋臉女孩
接過冰淇淋
點了點頭，沒有笑容

我的屋子空了一間房

我的屋子空了一間房
很多人出了門
就再也沒有回來

例如三〇一房穿著短褲
遛狗的女人，常常把狗
拴在一樓大門口

我蹲下來，摸摸狗的頭
腦中盤算著，再過幾天
乾脆親自將狗接回家住

例如三〇三房的瘦男孩
很少出門。八月的夜晚

我在走廊安裝新的燈泡

強光充斥著整條廊道
我聽見久違的嘎吱聲
一道黑影默默穿過了我

例如四〇四房的「傢伙」
——我稱之他為傢伙
因為他不配稱之為人

他白天上班，夜晚吃海底撈
身上沾染了血的濃霧
並且四處散播

昨天，四〇一房的小女孩說
她養的金絲雀被濃霧毒死了
凶手肯定是那個傢伙

我說，乖孩子，抱歉
我實在無能為力
忍一忍就過去了

夜晚，我在大門口安撫狗兒
四〇一房傳來女人的尖叫
一個重物從窗戶墜下

她靜靜躺在馬路上
輪廓就像這幾個月以來

不斷穿過我的那些黑影
我的屋子又空了一間房
也許是兩間、或五間
之後可能更多。

與越傭阿萊倒垃圾

她將老先生的遺物放在騎樓
大門口積累了整個北方

既非手掌也非河流，黑暗
解開天空的鈕釦，帶著她穿越馬路

讓音樂引領她上樓。我看見屋簷的陰影
占據她的額頭，像一塊遲到的黑面紗

賣火柴的少女

奶奶，下雪了。
世界從來就沒有屋簷
所有顫抖的人
連口袋都無法藏匿他們的死
我像三隻腳的椅子
能夠佇立
但無法存活

奶奶，黑暗遞來了風
會是誰送給我的？
最後一絲火花濺在街道上
我必須抓住自己剩餘的一切
否則將永遠成為雪

在鐘聲的催眠下
妳在夜霧的缺口中看見了我
我與世界剩下來的十億人
都慢慢地走入自己

奶奶，請不要
悲傷地移開妳的視線
是不是我也進入了
春天的禁止線？

交流道

我不該提出艱難的問題
像幼年時她斥責我的那道選擇題
如今她坐在駕駛座
描述墮胎儀是如何發出聲波
將孩子流放地獄深處

晚霞將車體淘洗乾淨
一切都像刀子般閃動著金屬光澤
唯黑暗擱置自己的內部
讓我們像一艘划出深淵的小船
伴隨哭聲，接引至下一個出口

前往二樓手術室

呼吸，以雲速
繩索拖曳著冷棺材
挨著風一路前進

手：昏厥的小船
你駛向月亮
趨近於無限的指甲

母體，病毒，紀念日
你為了抵抗當下
隨意將承諾託付給鋼鐵

你記住日光燈微弱的愛
寫下詞彙，刮去詞彙

——鹽、線條、音節

此處沒有詞彙。
死亡是恆久的雌性
難產著深淵

小說

座位上的老婦無泣
卻哭到足以嘔出靈魂

她喊著兒子的姓名
像有人摘走她的太陽

也許是焦慮症吧
座位下方，陰影處

尿液的水灘等速晃蕩
我試圖擦淨這鏤空的傷口

以背包裡猶存的紙張
我三度投稿未果的小說

終點站。她的嗓子漸冷
逐一宣布瘋癲的消亡

她說了聲抱歉，問可不可以帶走
我說請便，畢竟這篇小說

已經適得其所。它尚未完成
將會重生：情節、字形、肉身……

六月，廣場，我正前往

一

同時代人聽見了我的腳步聲
秋天像安心的劊子手
任何人都可以繼承他的斧頭

我依舊能在窟窿中豪賭我的眼球
光天化日之下，街道任由星體吐露無信者的身分
西裝男子，大學生，廣場上的老婦人，一位吆喝絕望的小販

他們以公轉為恥，用庇蔭去辯證裸體

我身處在一間安放黑暗但不安放人的旅館
失眠之事，驚恐之事，庸俗之事，全部都藉由它們來處理
我只剩下屈服的姿態，當恐懼凝結成冰塊，就足以將我粉碎。

窗外，人們踩著腳踏車，縫製自己的影子
他們的微笑都在喇叭聲中磨損
我下樓，走在大街上，所有窗戶都對著謊言開放
所有人都緊盯著我的語言
——比起一棵法國梧桐，我好像更陌生，更無計可施。

我想去哪？我能去哪？我唯一能前往的
是那一座禁錮著活人，培育出死人的廣場
在地鐵入口，審視的黑眼睛
將人群變成一塊塊刻著數字的墓碑
它們安靜，像三十年前的愛國主義者
死比寬恕更快得到了讚美

此刻，我曾誤讀過的條約回來了
像那一輛我搭乘，佈滿刮痕的列車
一個巨大的夢將它拽入隧道
讓強光成為全新的主宰：

電燈泡統治了宇宙
黑暗流亡到每一位孤獨者的眼睛裡

巨大的警笛在隧道裡流竄
車體披著人工的光
不過問陽光為誰而勇敢。

二

我鬆開四肢，癱坐在座椅上，任由笛聲將我喚醒
我是車廂內部一具孕育了九個月的嬰孩
那一位我歸順，但又不歸屬於我的母體
已經沒有力氣將我送回歸途

我下站，抄小路，經過公立醫院
雲朵投下影子，落在外頭排隊的傷患身上
那一位隱身於天空

巨大的僱傭人逾越了邊界
但沒有人看見

一座反光的高樓，一棵垂死的雪杉，一道間歇的噴泉
一隻黃鶺鴒降落在草坪上
——它放大了寧靜
瞬間，一片吊在枝頭
發黑的葉子正以螺旋狀下降
像失速的梯子，失去了樹的思想

一切都如此陌生，灰塵掩蓋人們的血色
電線勒死了邱比特
但所有人都習以為常。

三

我想徒步回旅館，但真理是一枚障礙物，擋住我的去路
那些自稱能穿越真理的人，體內
是不是都擁有一座容納暴行的廣場？

一位老翁在街邊停止了演奏，讓黑暗引領著音樂
來自他內部深處的二胡
將持續嘶啞一千年：

沒有音樂，那就死於黑暗
沒有黑暗，那就放棄時代
不要在玻璃窗後頭出賣自己
不要以冷暴力祈禱，並容許和平盃底下的行軍！

一千萬首無神論者的哀歌
在閃光的法典裡自動修改了自己
只要稍不留神，人們就會被塗寫在地上
繼續沉默地做夢……

四

我夢見行刑者擊倒了一個男孩
踩他的四肢，捶打他的頭顱
男孩的靈魂被釘在地上，半張臉
浸泡在一潭由鮮血聚集的水窪
男孩說：「對唔住啊，對唔住啊——
我已經俾你拘捕我知喇，我門牙都甩埋喇，
對唔住啊得喇我知喇！唔好搣喇我求下你！」

我夢見煙硝中，眾人將一個抱著嬰兒的母親
護送到巷子裡。但強光暴露了他們
像一座對深淵開放的審訊室
血爪在體內生長，羅織他們的罪刑

我夢見一個倒地的女孩站了起來
她摀住流血的右眼，對著我比手劃腳
彷彿在說：「外國人，記住——
我們生來就擁有窗戶，
又怎麼能窒息而死？」

五

街道炙熱，烙印著臉龐。人們摀著嘴
聲帶開始啞火，燒灼的漢語鼓脹在雙頰
隨時能在公園、騎樓或是廣場引爆

我是一部不斷調節著黑暗的機器
在飢餓的陰影下，光斑像脆弱的跑馬燈
閃爍著半完成的墓誌銘：

是誰用警棍開放了頭顱？
是誰用法槌擊碎了脊椎？
是誰用恥辱整容了歷史？

是誰用心臟接住了子彈？
是誰用眼睛吸乾了煙霧？
是誰用死亡焊接了和平？

六

橫躺的車體，血跡開花的路口，我穿過馬路
穿過混亂，穿過邪惡與光明。我的靴子
踩著碎玻璃般的眼淚
步伐像一道又一道的浪跡翻閱
一切都更加耀眼，更加盲目，更加不合時宜——
我在哪裡，我是誰？我唯一知道的是
那一座城市，六月，廣場，我正前往……

輯三、當幼鹿尋覓語言

當幼鹿尋覓語言

呼吸：凝視天空的詩人剛剛收回了尾翼。
他們逝世前的那個早上，複述著同一個夢：

陽光下的月桂樹是一副剛剛墜地的降落傘，
萬物始於飛機的轟鳴，一隻幼鹿開始尋覓語言。

洞

希尼在世界的另一側
用手指刨挖湯碗的底部
他透過洞口對我說：
「你可以挖掘自己的韻腳了。」

•希尼（Seamus Heaney, 1939—2013），愛爾蘭詩人，一九九五年獲得諾貝爾文學獎

手槍

博拉紐朝我開了三槍
他堅持我抄了他的點子
我們一路追逐
城市，荒漠，濱海小鎮。

在大口徑手槍的眼睛下
我說：「帕拉已經過去找你了。」
博拉紐放下手槍
哭聲像中提琴的聲響
絃聲每拉長一次
寂寞上漲一尺

•博拉紐（Roberto Bolaño, 1953—2003），智利小說家，詩人。

•帕拉（Nicanor Parra, 1914—2018），智利詩人。

眼睛

我與聶魯達正在逛書店
我偷了一本波赫士的詩集
聶魯達說：「別碰——
這會取代你的視野。」

我夢見我在花園裡驚醒
並且瞎了一隻眼睛

•聶魯達（Pablo Neruda, 1904—1973），智利詩人，一九七一年獲得諾貝爾文學獎。

•波赫士（Jorge Luis Borges, 1899—1986），阿根廷小說家、詩人、翻譯家。

蘑菇

蘑菇紀念日。托馬斯說
他想在土壤中挖太陽
「可越光明，就越黑暗。」
虛空明亮，無聲，而悲傷——
悲傷是詩人的遺產，閃光燈式的
記憶，嫁接著萬物的神經

•特朗斯特羅姆（Tomas Tranströmer, 1931—2015），瑞典詩人，二〇一一年獲得諾貝爾文學獎。

石頭

安切爾醒了。
他對我說
又夢到了那個場景
他邊說邊哭，眼淚
凝結成石頭
陷在被褥之中

我哄他回去睡覺
並把浴室的熱水打開
但我忘記關上窗戶
讓蒸氣逃了出去

房間依舊冰冷
冷到我沒辦法判斷

這是我的夢
還是安切爾的夢

•保羅・策蘭（Paul Celan, 1920—1970），本名安切爾（Paul Antschel），猶太詩人。

灰燼

茨維塔耶娃與我在深夜裡焚燒彼此的手稿，
就在「保存」與「燒掉」問答之間，
我們交換著法官與劊子手的身分。
在詩人眼裡，灰燼只不過是田野裡的黑鶫鳥，
這些鳥聚集在壁爐上，成為一大片黑色的天空。

•茨維塔耶娃（Marina Tsvetaeva, 1892—1941），俄羅斯詩人。

卵蛋

余光中請我吃飯。
他坐在窗邊
離太陽最近的位置
光線將義大利麵切的碎碎的
像無數根翻譯過的指頭

飯後，他支開眾人
帶我到頂樓抽菸
他說，比起卡明斯的情詩
艾略特真是一個沒卵蛋的傢伙
我說：「我們都一樣寡情。」

•余光中（1928—2017），詩人、翻譯家。

•卡明斯（E.E. Cummings, 1894—1962），美國詩人。

•艾略特（T. S. Eliot, 1888—1965），英國詩人、評論家、劇作家。

非虛構

卡爾維諾向我借閱一本小說
但始終沒有歸還。最終，
我在咖啡館深處找到了他
一邊折頁，一邊對我斥責：

「噓！安靜——我是這本書的上帝
難道你沒看見這些人物、情節與細節，
正在安靜地演化嗎？」

•卡爾維諾（Italo Calvino, 1923—1985）義大利小說家。

燈泡

安娜依偎著石牆，
肉身漸漸冷卻。

她將溫度傳給了石頭，
只因這裡缺少太陽。

「這國度只能擁有一顆燈泡，
而我們，無非等待了太久……」

她躺在銀色的光線裡，
摀著心臟，喃喃自語：

「人們已經埋葬了太陽，
接下來，便是月亮……」

月光丈量著大地，為她
蓋上一塊滲水的裹屍布。

•阿赫瑪托娃（Anna Akhmatova, 1888—1966），
俄羅斯詩人。

火柴

我與曼德爾施塔姆躺在廢墟上
看著月亮像唱盤般旋轉
播放著德布西

「音樂真好，不需要翻譯。」
他說，並且給了我一根火柴
讓我劃開他的脊梁

火焰的翅膀緊裹著他
劈哩啪啦的掌聲
一名熾天使
正為他剪除自己無限的羽翼

•曼德爾施塔姆（Osip Mandelstam, 1891—1938），俄羅斯白銀時代詩人。

•德布西（Claude Debussy, 1862—1918），法國鋼琴家。

箭矢

我與默溫走在田埂上
但他走得太快
我幾乎跟不上他的腳步

我對他傾訴我的狀況
描述憂鬱如何像一支箭
從身體向外射穿
再傷及他人

「我時常會把心臟
放入箭矢的軌跡
想像它被釘在樹上
成為太陽。」

他說，並將腳步放慢
用手指輕敲自己的左胸：
「這座空屋需要光亮
所以，我擇以詩歌焚燒。」

• 默溫（W.S. Merwin, 1927—2019），美國詩人。

橘子

帕斯請我吃橘子
他拿出小刀
挖開蒂頭
赤裸的白太陽

「你猜猜，現世
一條金皮環蛇纏繞的
宇宙
到底擁有多少時間？」

•帕斯（Octavio Paz, 1914—1998），墨西哥詩人，一九九〇年獲得諾貝爾文學獎。

詞根

王老師在書桌前寫字
以歌德的筆。陽光炙熱
汗水讓他像一座雨中的修道院
一名抄經僧
正在體內召喚安靜的詞根

• 楊牧（1940—2020），本名王靖獻，詩人、翻譯家、學者。

• 歌德（Goethe, 1749—1832），德國詩人、劇作家和思想家。

哀悼一座花園

「光線，寬恕。」
詞不再這麼重要
倖存的泥土
砌石臉

蝴蝶只是另一個人刀片的拷貝
近似一顆露珠
上帝恆久的近視眼

輯四、人工的光

夏日，在審訊室

幽靈：一位近代版的布羅斯基
正將裝滿詩歌的封包上傳至亞利桑納
電流按照他生前背誦詩歌的頻率
從腳邊侵入體內，迅速竄升，占領腦部
雙眼與雙腿像是一座分裂的帝國，上面
正在失去水源，下面則正在失去泥土
（人工的光正在威脅幽靈的國度
他還能在塵埃中，索引亡妻的頸子嗎？）

他拎起自己的影子逃亡——
詩歌不再帶領身體，溫暖的黑暗結束了
蟬鳴的噪音像一千隻鬼魂擠壓著彼此
他躺在虛空的大地上，閉起眼睛——

瞳仁裡的導體瘋狂地接著電
治療不屬於和諧與富足的一切

他是一副壞掉的指南針，有人
隨意撥弄兩下，宣稱還可以使用。

• 布羅斯基（Joseph Brodsky, 1940-1996），俄裔美國詩人，一九七二年被剝奪蘇聯國籍，移居美國，一九八七年獲得諾貝爾文學獎。

雲隙光

廣場，無限的胸腔
死者，人工的光。

一名男子要求我複述那天下午的事件
我說：沒有。皺褶的禁區裡只有細節。

碎形樹，枝條，人群在街道上流竄
成為水脈，一道道恐怖的光帶。

廣場是痙攣的胃，吞不下一顆太陽
死蒼蠅，乾燥的窗，雲隙光——

天使毋須揮動驅趕蒼蠅的手勢
他們簇擁梯子，竄逃於黃昏的路徑。

地球的暗房掂量著石頭影子
鳥群正在尋找夜的庇護所。

人工的光

透過玻璃，我發現幽靈
試圖用灰燼拼湊母親的肉身
汽車駛進巷尾，大燈像一把柴刀
揭開一棵樹幹的內在——
倖存的人被抓得正著，在呼吸中
被帶走了。無限延伸的黑暗
正在逃離光明。汽車退回大街
血胎痕越拉越長，情緒瘋漲
使我無情的，並不是節制
而是悲痛與恨意。詩行狹窄

足以讓詩人用亞歷山大體
下葬一個同代人的生平。

時候到了。在痙攣與僵死之間
樹梢懸吊著一顆凝血的太陽——

杜鵑鳥逃入我的詩行，踢掉了
幾個詞：移居、流亡、自殺。

垂憐之光

頭顱，血垂。一串玫瑰經念珠
它的盡頭是一副鮮紅色的十字架
死者的臉，蜂蠟製的面具。

街道漸盲，幽靈再也無法凝視
群星，光與空虛，被畫上了刪除線
馬路中央，三塊疊放的磚頭，一道窄門。

幽靈的母親正在胸膛前劃十字
這一副神聖且空虛的聽診器
怎麼能理解心臟，這黑暗中最痛苦的騎手？

四樓窗台下的即景

早晨，我關掉夜燈
便再也聽不見鳥鳴
上帝在外頭燃燒著詞彙
太陽不斷普查嬰兒們的臉

幽靈在樹蔭底下
尋找禁錮修辭的瑪瑙
——他們聽見黑暗正在液化
只要越描述死亡，就越逃往童年

窗簾是一片發光的痂

——我扒開了它，陽光
立刻將萬物糊成一處傷口
世上所有人都來不及痊癒

早晨的暴力

晚冬。我蜷縮在床上
胸口痙攣，像興盛的墳塚

燈泡剩餘的閃電
一條通往語言的途徑

幽靈為了解釋世界
誕生的引文

我對這份光明充滿感激
於是我保留眼睛

直到黎明的卡車
將大地像瓷器一樣震碎

一隻蜻蜓陷入柏油
裂痕的手將它拖回黑暗底部
黑色的鐵十字沉入大地
陽光：一把古老的刺刀

選舉前夕的客運途中

頭顱沉重，像失敗的鐘擺。
脖子懸置著魂魄，
悶熱讓人身處靈薄：

約翰．甘迺迪正在演說，
他複述著但丁的火焰，
手勢像一副驅動骸骨的犁。

我們的傷口將會相認

講師迎來一連串嘈雜，他步下
階梯，像自我加冕的獨裁者
所有人紛紛離席，朝黑暗湧去

只有一位孩童待坐在長椅上
讓儀器在靜默的耳後牽引著思想。
他聽不見雨聲，便將耳朵還給了你：

「趨時，在那兒
我將失去所有膏藥
我們的傷口將會相認……」

外頭，陽光切碎了雨水。萬物
彷彿待在一個巨大的燈泡中
正要點亮黑暗裡的鎢絲

Lumière

靜止，穹窿體。當你終於
攀爬而起，那燃燒的鎢絲
穿越傲慢的玻璃穿越敦厚的你
像一個契入語言的裁縫。

如果時間並非滅法，人類
是否只誕生於火宅之中？

「凡赤裸的，皆懸在銀河之上。」
天使著火的手指在窗外鬆解
雨水：一條條注釋的小徑
大地焊死成一條縫嘴線

三棧溪上方

五月的某一個上午
我們經過三棧國小的後頭

孩童將帶隊的教授
認成太魯閣族人：

「有一個太魯閣人
帶著一群台灣人——」

他那無限透徹的觀點
某種意義上並沒有錯

我們走得如此貧瘠
配得上這片土地嗎？

腳步：土壤新生的胎記
沒有任何詞語能夠取代

我們在山徑中擁擠
像映像管電視的毛刺

濃縮在午夜新聞裡。
出口，溪水正在追趕雲朵

我們甩開鞋子，奔向
那充滿綠蔭的閃光裡

花崗岩的脊骨
揹著四百萬個夏天

溪水在我們皮膚上
刮出新的鱗

一個大男孩摘下眼鏡
說這是最棒的一次跳水
他爬上岩石的肩頭
躍入白色的催眠裡

當眼睛重現島嶼

午後，陽光魄贈它的作品
小艇環繞著島嶼
像學童畫布上第一個圓

幾個小時後，島嶼將會脫離包圍
以玻璃收回光芒的方式
形成一顆巨大的白內障眼珠

——波紋、鯨骨環、碗狀的太陽
一位老海人看著成年的孫子
軟風將他變得更年輕，更模糊，更死亡。

關於詩的問題

——給公車鄰座的小詩人

「詩是什麼——」
我說，別問。
如同你不會去問
天空是什麼
宇宙是什麼

「天空就是天空，宇宙就是宇宙，
這是大人們告訴我的。
那我還可以知道些什麼？」

我們可以知道：
天空擁有雲朵與雷雨
宇宙擁有星球與我們

「詩人是一種職業嗎？」
我說，不是。
它是一種狀態
當詩找到你時
你就是詩人

「寫詩是一種技能嗎？」
我說，是的。
但它沒什麼用
它餵不飽我
也沒辦法發大財
但我獲得了生命的熱情
生命帶我到哪，我就去哪

「我也可以寫詩嗎？」
我說，可以。
「那我可以不寫詩嗎？」
我說，可以。
「那你可以現場寫一首詩嗎？」
我說，不可以。
「為什麼？」
因為現在的我寫不出來
我寫不出來。

「你寫詩多久了？」
我說，十年。
「這麼久？」
大概吧，也許是八年

我不確定。

我只知道
當詩找到我時
我就一直在寫詩
之後也會持續下去

•小記

搭公車時被一個小孩搭訕。我不知道他幾歲，他手上拿著從圖書館借來的宮澤賢治詩選，我正在讀策蘭的自傳。

「這個人是誰？」小孩問我。

「一個傷的很深的詩人。」

「寫詩的人是不是都很痛苦？」小孩繼續問我。

「大概是吧，但偶爾也有快樂的時候。」

「什麼時候會快樂呢？」

「當有人問他詩是什麼的時候——」

後記：複述中的細節

有一段時間我只能睡上三個小時，睡得很淺，淺到夢裡的人物、故事、對話跑出來了。這種感覺很奇妙，一個人的清醒彷彿就只為了今晚的夢境蒐集素材，只要白天看得越多，夢裡的場景就會越複雜，越有可看性。但這段時間的夢境不但比現實更加真實，且富有啟發性，似乎夢中的語言是有機的，它在告訴我些什麼，那些細節正在等我將它們複述出來。

二〇一九年研究所畢業之後，我出版了第一本詩集，發表分享，然後服兵役。當兵的時光冗長，足以讓人校準自己的視野，我無法在軍中與人談詩論藝，於是跟著一位昆蟲系畢業的鄰兵在樹叢裡尋找螳螂，花了一段時間來辨認台灣斧螳（Hierodula formosana）與寬腹螳螂（Hierodula bipapilla）的差異，起先我在一隻台灣斧螳的腹部發現了祕密：

> 牠的翅膀像綠葉，體色也是綠的，但胸前的軀幹有稍許的紫褐色，只要稍微挪移，這一小團色塊就像宇宙裡剛誕生的星系，在黑暗的強褓中晃動，展現無窮的生命力。

我將這段描述寫進日記，並複述給鄰兵聽。他笑著說，胸前的色塊只是個體差異，最好的辨認方法就是觀察他們的前肢外緣是否有黃色的突起物，寬腹螳螂有此特徵，台灣斧螳則否。

我能不能辨別詩歌的個體差異呢？我驚覺地發現自己的

詩歌發生了質變——文學是複述中的細節，我得向上帝租借動詞，讓名詞發揮聯繫的力量，詩行成為了骷髏的複製品，長出肉身的同時，才能聽見了內部咆嘯的靈魂。

退伍之後，我頂著光溜溜的腦子，想繼續升學，未果。接下來半年，找工作遇到瓶頸，年底還遭遇疫情，天天關在家，靠寫稿維生。每篇兩、三千字左右的文章管住了我的情緒，使我不再胡思亂想，但白天寫稿的同時，租屋處樓下卻不斷傳來送葬的聲響。地圖上插滿黑色的圖釘，標記著死亡的位置，這些釘子從巷口不斷延伸至巷尾，一整年都在舉辦喪禮，我就在充滿火焰、灰燼與經文的環境，慢慢將稿件完成。

我的房間對門住著一位香港人，他抵禦死亡的方法就是播放音樂。我持續聽了好長一段時間的 Beyond〈海闊天空〉、黃衍仁〈絕望是一種福音〉與〈願榮光歸香港〉，直到某天早晨，音樂突然消失了，我發現他的窗戶半開了好幾天，但裡頭的東西都還在。又過了幾天，房東隻身前來，將他的房間收拾乾淨，並且將走廊過暗的燈泡換掉，換成一組亮到讓人無所遁形的大瓦數 LED 燈。任何人類在強光面前都會本能地弓起身體，像是一個被眾人指責，越縮越小的學童。比起屋瓦，我逐漸發現一個更大，更匿名，也讓人更無法抵禦的壓迫之物——人工之光——不斷製造幽靈的光明。

我原以為黑暗即是邪惡，光明才是人類的棲身之所——但不盡然，黑暗並非否定的概念，因為光缺席了，視網膜上的細胞產出特別的視覺效果，使我們「看見」黑暗——也因為如此，光也不見得是正面、積極或啟蒙（Lumière）。有一種人工之光是我們沒有察覺的，它不但降低我們對細節的觀察能力，也取消了我們對自由的漫遊。每當我閱讀，書摘，寫作，都能驚奇地發現，一道道光芒劃破了黑暗，裡頭有無數個無可撫慰的時代之子。

人們會形容眼睛欺騙了自己，但不會以同樣負面的情況形容光。這是一個爍亮的時代，人類彷彿過度執行了耶和華的神諭（要有光，就有光），讓人無從躲藏。我們也把眼睛當作知識的象徵，但真正發生功效的是大腦——人們以為眼睛是知識的搜捕者，其實不然，它所做的只不過是蒐集光線而已，不論是自然的光，還是人造的光，虹膜保護了我們的瞳孔，至少讓光線不會突然湧入，燒乾我們內在的銀河，也因此我們擁有色彩。那些自稱「早已看清一切」的人們，難道不會被光芒欺騙嗎？也許黑暗才是這個時代真正的庇護所，光明可能是暴力（Gewalt），並非正義或法理，而是強制與權力。我時常在想，赫拉巴爾小說中擁有「鑽石孔眼」的人們恐怕就是虹膜進化的詩人，不信任偽造的光明，看似臣服於黑暗，實際上卻是在無邊的自由裡頭遨遊。

所有的事物都蒙上了一層灰，似乎只有願意觀察表象的人才能看清楚夾層中的真實。我們下班返家，上床入睡，昨日蒐羅的生活細節在腦皺褶中快速翻動，彷彿人們白天醒著，就只是為了夢境蒐集素材。我的腦子脹滿了夢，夢溢出過多的詞彙，我無法預期它的來訪，但它依舊抵達。接著，我的詩行被干擾、挪移、破壞，像投影一部壞掉的幻燈片，燃燒著視覺畫面，某個細節片段一再重複，斷續的喀嚓聲響，像一位獨裁者傲慢的掌聲。我呼吸——就只是呼吸，讓細胞的火爐開始運轉，感官的薪柴驅動了記憶，思想伴隨著詞語，如同列車般緩緩駛進視覺的站台。

居家上班的優點就是能抽出零碎時間寫作、翻譯、看書，缺點就是沒辦法接觸大自然。我的書桌充滿水氣，左手因長期按著書本潮溼的內頁，指關節腫脹，像一隻甲蟲的腹部。我逗留於紙頁，將晦澀連接另一處晦澀，像倖存的人擅自為逝者說了一段故事——不僅止於閱讀，人類擁有著說故事的能力，我為這些文本重新複述一段故事，我也開始屬於故事的一部分。

窗外，景物已經消逝，可以開燈了。但我習慣在黑暗多逗留一點，黑暗並不會讓我失去感官，當萬物撕去了一層層發亮的胎膜，裡頭就是我要尋找的詩歌；而詩歌告訴我們，情緒是一道打入湖泊的中型閃電，水面看似毫無波紋，但意識的湖底卻翻滾沸騰，彷彿是沉默的音樂。

我坐在圖案複雜的窗花前，羸弱的意識有一種浮出海面的感覺，儘管身體好像還浸泡在半完成的夢境之中。即將天明了，黑夜遭到了驅逐、除魅、剝離，在疲勞缺血造成的耳鳴下，世界越來越靜默。對面人家的陽台亮起燈炮，原先我以為那代表著知識的無垠，沒想到它只是另一種野蠻的行徑。我離開座位，走向浴室，打開水龍頭；在不開燈的情況下，黑暗才能發出回聲——在許多個瞬間，我是如此堅信，黑暗能包容一切，在裡頭，萬物皆能互文，我們的傷口終將相認。

2022/2/8 淡水

雙囍文學 08

夜的大赦

作者　曹馭博

堡壘文化有限公司　雙囍出版
總編輯　簡欣彥
副總編輯　簡伯儒
責任編輯　廖祿存
行銷企劃　許凱棣｜曾羽彤
裝幀設計　朱疋

國家圖書館出版品預行編目 (CIP) 資料

夜的大赦 / 曹馭博著 . -- 初版 . -- 新北市 : 堡壘文化有限公司雙囍出版 : 遠足文化事業股份有限公司發行 , 2022.04
176 面 ;　公分 . -- (雙囍文學 ; 8)
ISBN 978-626-95496-9-6(平裝)
863.51　　111003883

出版　堡壘文化有限公司 雙囍出版
發行　遠足文化事業股份有限公司（讀書共和國出版集團）
地址　231 新北市新店區民權路 108-3 號 8 樓
電話　02-22181417
Email　service@bookrep.com.tw
郵撥帳號　19504465 遠足文化事業股份有限公司
客服專線　0800-221-029
網址　http://www.bookrep.com.tw
法律顧問　華洋法律事務所　蘇文生律師
印製　韋懋實業有限公司
初版三刷　2023 年 09 月
定價　新臺幣 420 元
ISBN：978-626-95496-9-6

本書榮獲國藝會創作補助

財團法人
國家文化藝術基金會
National Culture and Arts Foundation
NCAF